AF382264

Analyse d'œuvre

Rédigé par Tina Van Roeyen

Sous la direction de Nicolas Stetenfeld

Cannibale

de Didier Daeninckx

DIDIER DAENINCKX

- **Né en 1949 à Saint-Denis** (Seine-Saint-Denis)
- **Quelques-unes de ses œuvres :**
  - *Mort au premier tour* (1982, réécrit et publié à nouveau en 1997)
  - *Meurtres pour mémoire* (1984)
  - *L'Espoir en contrebande* (2012)

Didier Daeninckx est un écrivain français. Il est d'abord ouvrier dans une imprimerie, puis animateur culturel. Également journaliste local, il enquête sur les faits qu'il doit relater, avant de profiter du temps libre qu'il a lorsqu'il perd son emploi pour se lancer dans la littérature et publier son premier roman, *Mort au premier tour*.

Ayant grandi dans une famille anarchiste et communiste, l'auteur s'engage dans la cause sociale et défend les opprimés à travers ses écrits. C'est ainsi qu'une partie de son œuvre, à l'image du roman *Cannibale* (1998), met en scène des événements méconnus de l'histoire afin de préserver de l'oubli certaines injustices, qu'elles soient présentes ou passées. Il s'intéresse ainsi aux responsables politiques corrompus dans *Le Géant inachevé* (1984), à la guerre d'Algérie (1954-1962) dans *Le Bourreau et son double* (1986), ou encore au devenir des Roms durant la Seconde Guerre mondiale (1939-1945) dans *La Route du Rom* (2003).

L'œuvre de Daeninckx, prolifique et multiforme, est composée aussi bien de romans que d'ouvrages pour enfants (*Le Chat de Tigali*, 1990), de nouvelles (*Zapping*, 1992) ou de pamphlets (*Jirinovski, le Russe qui fait trembler le monde*, 1994).

CANNIBALE

- **Genre** : roman
- **1re édition** : 1998
- **Édition de référence** : DAENINCKX (Didier) *Cannibale*, Paris, Magnard, 2016, 144 p.
- **Personnages principaux** :
  - Gocéné, narrateur du récit, est un vieux Kanak ayant participé à l'Exposition coloniale de Paris en 1931 ;
  - Badimoin, ami de Gocéné et cousin de Minoé, partage les bonheurs et les malheurs de Gocéné à Paris ;
  - Minoé, est la fiancée de Gocéné, sa disparition à Paris déclenche l'action du roman ;
  - Grimaut, l'un des officiels de l'Exposition coloniale, est le responsable des Kanaks ;
  - Francis Caroz, l'ami français de Gocéné, se prononce en sa faveur lors d'une rixe ;
  - Fofana, employé sénégalais du métropolitain, sauve Gocéné et Badimoin des mains de la police en les cachant dans son débarras.

Cannibale est le récit que fait Gocéné, un Kanak âgé, de son séjour en France datant de plusieurs décennies, à Kali et Wathiock. Ces derniers, jeunes rebelles, dressent un barrage sur la route qui relie Poindimié à Tendo (deux régions d'une île néo-calédonienne agitée par des mouvements indépendantistes).

Gocéné se met, avec toute la patience et la sagesse de ses 75 ans, à raconter l'événement qui les a marqués à vie, lui et les siens, et qui explique la présence d'un chauffeur blanc, Francis Caroz, au volant du véhicule : la participation d'une centaine de Kanaks à l'Exposition coloniale de 1931 à Paris. Alors que des officiels français leur promettaient « la chance de [leur] vie » (p. 18), que le groupe resterait toujours ensemble et qu'ils seraient libres de leurs mouvements, rien ne se déroule comme prévu...

Que s'est-il réellement passé lors de cet événement ? Pourquoi sont-ils désignés comme cannibales, alors qu'ils ne le sont pas du tout ? Logés dénudés entre la fosse aux lions et le marigot des crocodiles, Gocéné et ses compatriotes, réduits à quelques numéros simplistes (pousser un grand cri, montrer ses dents, danser, évider le tronc d'un arbre) jouent le rôle d'attraction touristique pour des visiteurs avides de curiosités. Ils cherchent à s'expliquer la situation, mais en vain. Sans le savoir, les Néo-Calédoniens se sont retrouvés exhibés dans un jardin zoologique humain, au même titre que des animaux.

Peu après leur arrivée, une partie d'entre eux – dont Minoé, la bien-aimée de Gocéné – est enlevée pour aller travailler dans un cirque en Allemagne. Gocéné, qui avait promis de veiller sur le groupe, quitte clandestinement le parc de Vincennes et, accompagné de son meilleur ami Badimoin, se lance dans une course afin de retrouver les siens à travers un Paris qu'il ne connaît pas.

Les deux Kanaks, à l'issue d'une série de fuites-poursuites, sont finalement traqués, attrapés et visés par les tirs des policiers – Badimoin est touché mortellement. Alors que Gocéné est sur le point d'être tué à son tour, Francis Caroz – un travailleur français et, accessoirement, témoin oculaire de l'incident – fait opposition. Il est embarqué lui aussi. Après avoir purgé leur peine respective, ils se retrouvent, bien des années plus tard, en Nouvelle-Calédonie, où le Français finit par s'installer pour de bon.

LA VIE DE DIDIER DAENINCKX

| Portrait de Didier Daeninckx en 2006.

UN HOMME INDIGNÉ

Né le 27 avril 1949 à Saint-Denis (banlieue ouvrière de Paris) dans un milieu modeste, Didier Daeninckx grandit dans une famille partagée entre l'anarchisme (du côté paternel) et le communisme (du côté maternel). Il développe très tôt un goût pour la dénonciation des injustices. Les événements de sa jeunesse (comme la Révolution algérienne, 1954-1962), qui serviront de sujet dans sa production littéraire ultérieure, le marquent très tôt. Il interrompt ses études à 16 ans. Avec son B.E.P.C. (brevet d'études du premier cycle du second degré) en poche, il devient tour à tour imprimeur, animateur culturel, journaliste et rédacteur au journal municipal de Villepinte (Seine-Saint-Denis).

LES DÉBUTS LITTÉRAIRES

En 1977, Daeninckx a 28 ans. S'il a déjà beaucoup vu et beaucoup lu, il ne s'est pas encore frotté à l'écriture fictionnelle. Alors au chômage, il décide de tenter l'expérience. Sa carrière littéraire débute avec un premier roman intitulé *Mort au premier tour*. Celui-ci raconte l'histoire d'un militant écologiste, syndicaliste antinucléaire, élu conseiller et assassiné entre deux tours d'élections législatives.

Il envoie son manuscrit à dix éditeurs de polar. Neuf le refusent, le dixième accepte… près de cinq ans après réception. Le succès n'est pas au rendez-vous. Comme Didier Daeninckx le dit lui-même, « ce fut le flop total. Et une seule critique, celle de Michel Lebrun qui disait à peu près cela : l'auteur a un nom trop difficile pour avoir du suc-cès » (cité par FERNIOT (Christine), « Comment ils s'y sont pris pour faire publier leur premier roman », in *lexpress.fr*).

Cependant, c'est sur le conseil de ce dixième éditeur, à savoir Michel Guibert des Éditions du Masque, que Daeninckx s'adresse à la Série Noire (une collection de romans policiers et de romans noirs publiée par les Éditions Gallimard) pour son second roman. Ce deuxième essai est le bon, et il annonce le départ d'une longue et fructueuse collaboration.

Le premier succès de Daeninckx, *Meurtres pour mémoire*, se nourrit déjà d'un fait historique, puisqu'il puise son intrigue dans le massacre du 17 octobre 1961, perpétré par des policiers français, qui causa plusieurs centaines de morts, de blessés et de disparus, principalement des Algériens, durant une manifestation contre un couvre-feu appliqué uniquement aux personnes d'origine nord-africaine. Mort au premier tour sera entièrement réécrit 20 ans plus tard pour Denoël et Folio (de la version originelle, il ne conservera que le titre et les trois lignes d'ouverture).

LE FAIT-DIVERSIER

Bien que la reconnaissance critique comme publique ne soit pas immédiate, Daeninckx développe, dès son premier roman, un goût pour l'écriture. Par ailleurs, c'est ce premier manuscrit, alors toujours sans éditeur, qu'il envoie en guise de candidature pour un poste de journaliste dans la presse locale.

Ce métier lui permet de vivre au plus près les petits événements qui agitent sa circonscription. Tout au long de sa carrière de journaliste localier, il se rend chaque mercredi dans les commissariats alentours afin de consulter la main courante, « un cahier ouvert jour et nuit, où les permanenciers inscrivaient en quelques lignes les [...] accidents de la circulation, incendies, vols, agressions, tapages diurnes et nocturnes, coups et blessures » (DAENINCKX (Didier), *Petit éloge des faits divers*, coll. « Folio », Paris, Gallimard, 2008, p. 13).

Cette exploitation des faits divers, doublée d'un œil toujours aux aguets et attentif au moindre événement du quotidien, participera à la construction de sa réputation d'écrivain engagé. La stratégie d'écriture qu'il pratique – à savoir le mélange des histoires à l'Histoire – deviendra sa marque de fabrique.

UN ÉCRIVAIN ENGAGÉ

Dans ses œuvres, Daeninckx lutte principalement contre l'oubli. Il condamne, dénonce, revient sur les faits plus ou moins connus, participe à des polémiques. Ses titres confirment une volonté d'ancrer la réalité sociale et politique dans son écriture romanesque.

En effet, « Daeninckx confond à dessein les méthodes de l'enquête journalistique et les procédés du roman d'investigation, pour ressusciter une mémoire collective occultée par les pouvoirs et les médias en place » (SCHMITT (Michel P.), « Daeninckx Didier (1949 -) », in *universalis.fr*). Adepte du combat contre le négationnisme (attitude qui consiste à nier des faits de l'histoire), Daeninckx avait même créé un site Internet, *amnistia.net*, fermé aujourd'hui, qui se proposait de mener des enquêtes interdites sur des sujets à caractère polémique.

Didier Daeninckx s'engage volontiers dans des polémiques avec d'autres figures publiques, comme Gilles Perrault (écrivain et journaliste français, né en 1931) ou Serge Quadruppani (journaliste et traducteur français, né en 1952). Ces querelles lui valent une réputation controversée.

UN AUTEUR AUSSI FÉCOND QUE POLYVALENT

Ayant près de 80 ouvrages à son actif, Daeninckx n'est pas uniquement un romancier. Il est aussi nouvelliste, auteur jeunesse, ou encore scénariste de bandes dessinées. Par ailleurs, il collabore à des ouvrages de photographie, des pamphlets, des scénarios pour la télévision et des fictions radiophoniques.

Didier Daeninckx est ainsi récipiendaire de nombreux prix, dont le Grand Prix de la littérature policière pour *Meurtres pour mémoire* en 1985 et le Prix Goncourt de la nouvelle pour *L'Espoir en contrebande* en 2012.

RÉSUMÉ DE *CANNIBALE*

UN FAIT DIVERS

1931 est l'année de l'Exposition coloniale à Paris. Dans le discours officiel, il s'agit de justifier les politiques de colonisation en vigueur à l'époque et de démontrer que « coloniser ce n'est pas seulement défricher la jungle, construire des quais, des usines, tracer des routes » (p. 19), mais aussi « gagner à la douceur humaine les cœurs farouches de la savane, de la forêt ou du désert » (*ibid.*). Pour l'occasion, le temple d'Angkor Vat (Cambodge) et des bourgades de Pondichéry (Inde), de la Cochinchine (Viêt Nam), de la Marie-Galante (Guadeloupe) et, bien sûr, de la Nouvelle-Calédonie sont construits à l'identique.

Ironiquement, le village calédonien se trouve entre la fosse aux lions et le marigot des crocodiles – devenu soudain désert la veille de l'ouverture de l'Exposition. En effet, probablement à cause d'une nourriture mal adaptée, tous les crocodiles importés de la Caraïbe sont morts. Pour éviter un scandale international, Grimaut, l'un des responsables de l'Exposition, conclut à la va-vite un pacte avec un cirque allemand : 30 reptiles contre 30 Kanaks.

UNE HISTOIRE D'AMOUR

Gocéné et Minoé, la fille du petit chef Waito de Canala (Nouvelle-Calédonie), sont amoureux et promis l'un à l'autre. Leur jeunesse pousse le chef du village à les choisir, avec une centaine d'autres Kanaks, pour partir en Europe et représenter la culture ancestrale de l'Océanie lors de l'Exposition coloniale à Paris. Gocéné fait le serment à son futur beau-père de veiller sur sa fille.

Cependant, une fois arrivés sur place, les Kanaks sont séparés en deux groupes. L'un est envoyé en Allemagne pour travailler dans le cirque Höffner, à Francfort-sur-le-Main (Allemagne). Gocéné et Minoé sont alors séparés. N'étant mis au courant de rien, fou de rage et d'inquiétude, le jeune homme entreprend alors, avec Badimoin, un cousin de Minoé, un périple au travers de Paris afin de retrouver sa compagne et de la ramener à ses côtés.

UNE HISTOIRE D'AMITIÉ ET DE SOLIDARITÉ

Gocéné et Badimoin sont meilleurs amis. En s'échappant du Jardin zoologique de Vincennes et en partant à la recherche de la trentaine de leurs compatriotes partis pour l'Allemagne, ils s'engagent dans une entreprise qui s'apparente à une réelle enquête, quoiqu'improvisée : élaboration de plans – puis leur réévaluation à la suite de rencontres fortuites –, discussions, négociations et remise en question.

Ensemble, ils découvrent les particularités de la civilisation occidentale moderne à travers, entre autres exemples, le métro parisien. Ils font aussi preuve de solidarité, d'écoute et de respect mutuel. Véritables complices, ils échangent en cours de route souvenirs et rêves, et partagent leurs projets d'avenir. Gocéné et Badimoin constituent chacun l'interlocuteur privilégié de l'autre.

Pendant ce temps, la police, alarmée, est à leur trousse. Lorsqu'ils doivent s'enfuir une fois de plus, ils tombent sur un Sénégalais qui les cache dans son débarras. Fofana, qui dans le passé a été tirailleur des troupes coloniales, leur offre son hospitalité, mais les deux Kanaks préfèrent continuer leur quête et retrouver les autres Néo-Calédoniens le plus vite possible.

Dans leur poursuite-fuite, Badimoin est atteint par la balle d'un policier. Gocéné cesse alors de fuir et accepte, résigné, de se rendre. Ce malheureux incident sera à l'origine d'une autre amitié. En effet, un Français s'interpose entre Gocéné et la police. Francis Caroz, en prenant la défense de Gocéné, le sauve d'une mort très vraisemblable. Caroz est un « ouvrier sans histoires, un homme qui ne supportait pas qu'on tue des innocents, qu'ils soient noirs ou blancs » (p. 106).

Les deux hommes finissent par faire de la prison ensemble : Caroz est condamné à trois mois, alors que Gocéné doit en faire quinze. Des années plus tard, lorsque la femme de Caroz meurt, celui-ci, déjà retraité, visite son ami de longue date en Nouvelle-Calédonie et décide, séduit par le pays, de s'y installer pour de bon.

UN RÉCIT ENCHÂSSÉ

Le roman s'ouvre sur une scène dans laquelle Caroz et Gocéné roulent en voiture en Grande-Terre, l'île principale de la Nouvelle-Calédonie. Quelque 20 kilomètres avant leur destination, ils sont soudainement arrêtés par un barrage dressé par Kali et Wathiock, deux jeunes hommes armés qui les somment de faire demi-tour. Voulant éviter tout ennui, Caroz repart, tandis que Gocéné descend afin de faire le reste du chemin à pied.

Cependant, les jeunes rebelles lui demandent ce qu'il faisait avec un blanc en voiture. Le vieillard se met alors à leur raconter sa longue histoire en commençant par la fin : ce blanc, Caroz, a fait de la prison pour lui. Devant l'âge avancé de Gocéné, les deux révoltés s'assagissent un peu et lui offrent à boire et à manger. Curieux, ils demandent plus de détails. À la fin du livre, Kali et Wathiock se rendent compte qu'ils ont trop vite jugé le blanc. Aussi, ils ont encore beaucoup à apprendre : de la vie, de l'Histoire, des leurs, des autres.

L'ŒUVRE EN CONTEXTE

LE CONTEXTE HISTORIQUE

Cannibale paraît en 1998, année marquée par l'Accord de Nouméa prévoyant le transfert de certaines compétences de la France vers la Nouvelle-Calédonie.

Découverte en 1774 par James Cook (navigateur britannique, 1728-1779), la Nouvelle-Calédonie entre en possession de la France dès 1853. Selon les conditions du droit international alors en vigueur, cette appropriation se fait au moyen d'actes unilatéraux imposés aux autorités locales. Les traditions et les besoins des populations autochtones ne sont alors pas pris en compte et à peine 25 ans plus tard, les premières insurrections contre la colonisation commencent. En effet, les Kanaks, dont l'identité est fortement liée au territoire, voient d'un très mauvais œil la dépossession de leurs terres. En 1946, la Nouvelle-Calédonie devient un territoire d'outre-mer français.

Des revendications d'indépendance apparaissent à partir de 1975. Les indépendantistes, affiliés au FLNKS (Front de libération nationale kanak et socialiste) s'opposent aux loyalistes. Sur l'archipel, un état de violence politique (boycotts, massacres, prises d'otages), pendant laquelle est tué Éloi Machoro (indépendantiste kanak, 1945-1985), perdure de 1984 à 1988, année de la signature des accords de Matignon qui stipulent, en plus d'un transfert progressif de compétences dans presque tous les domaines, que les Néo-Calédoniens pourront se prononcer par un scrutin d'autodétermination dix ans plus tard.

La date du scrutin d'autodétermination, maintes fois repoussée, est pour l'instant fixée à 2018. La mort de Machoro aurait fortement attiré l'attention de Daeninckx et serait à l'origine de son intérêt pour la Nouvelle-Calédonie et le peuple kanak.

L'INSPIRATION NÉO-CALÉDONIENNE

En 1997, Daeninckx se rend personnellement en Nouvelle-Calédonie sur une invitation d'un ami, directeur de la Bibliothèque centrale. Il découvre alors l'archipel, ses tribus, son identité, sa mémoire culturelle ainsi que sa tradition, principalement orale.

Un soir, à la veillée, le « triste sort des Kanaks de l'Exposition coloniale de 1931 » est évoqué (GRINFAS (Josiane), « Présentation », in DAENINCKX (Didier), *Cannibale*, Paris, Magnard, 2016, p. 5-6). Sensible aux discriminations de tous genres et sollicité pour une contribution au 150e anniversaire de l'abolition de l'esclavage, l'auteur écrit alors une pièce radiophonique appelée *Des Canaques à Paris*, dont le sujet sera repris, ultérieurement, dans *Cannibale* :

> « Lorsqu'il tombe sur l'incroyable histoire des Kanaks requis pour l'Exposition coloniale de 1931, exhibés comme des singes et échangés contre des crocodiles avec un cirque allemand, il donne aux Éditions Verdier deux de ses plus belles histoires, édifiantes comme il se doit. » (HARANG (Jean-Baptiste), « Œil Daeninckx », in *liberation.fr*)

Il s'agit en effet de *Cannibale* et du *Retour d'Ataï* – suite de *Cannibale* publiée en 2001.

L'Exposition coloniale internationale de 1931

L'Exposition coloniale internationale à Paris de 1931 a lieu dans le bois de Vincennes, aux confins de Paris. Son territoire est immense (plus de 100 hectares), et un train électrique permet de « parcourir le monde et d'aller d'un continent à l'autre le temps de fumer une cigarette » (p. 22).

L'Exposition est un événement officiel majeur, destiné à célébrer les exploits et la mission civilisatrice de l'Empire français. Son intérêt est de montrer les bénéfices que présente la colonisation pour la France et, accessoirement, pour son économie. Des millions de touristes français et étrangers viennent admirer les monuments représentatifs des colonies, les animaux et les autres attractions auxquelles les visiteurs n'auraient pas eu accès autrement.

Ce type d'exposition ou d'événement, à une époque qui ne connaissait ni télévision ni Internet, remplaçait les médias de masse d'aujourd'hui. Y participer signifiait accéder à quelque chose de l'ordre du fantasme ou, du moins, à quelque chose de plus grand que soi. Ce fut un événement extrêmement important pour les organisateurs, fiers de mettre en scène la grandeur de l'Empire français, comme pour les visiteurs venus en masse des quatre coins de France (31 millions de billets furent vendus).

Des Kanaks à Paris : un fait historique

Si Paris est un endroit utopique pour les uns, il s'avère contre-utopique pour les autres. Parmi les désillusionnés, un groupe d'une centaine de Kanaks, officiellement recrutés pour représenter la culture de la Nouvelle-Calédonie, qui débarquent en janvier 1931. En réalité, ils sont exhibés, à l'initiative privée de la Fédération des anciens coloniaux, en marge de l'Exposition, au Jardin d'Acclimatation, un jardin zoologique et ethnologique fondé dans la seconde moitié du XIXe siècle à la lisière du bois de Boulogne.

Ce parc présentait des groupes humains, venus des quatre coins du monde, enfermés dans des enclos, mis en scène dans un décor exotique, souvent avec des animaux de la même région. C'est ce que l'on appelle aujourd'hui un zoo humain. Si, au départ, l'intention se voulait neutre, à valeur scientifique ou anthropologique, dès le début du XXe siècle, le parc prend un tour colonial en insistant davantage sur la dimension supposément civilisatrice de l'Empire français.

En mai 1931, les Kanaks furent divisés en trois groupes, dont deux ont été réellement envoyés en tournée en Allemagne. En effet, il s'agissait d'une affaire commerciale conclue entre la Fédération des anciens coloniaux et la Maison Hagenbeck, propriétaire du zoo de Hambourg (Allemagne). Rapatriés en France en novembre 1931, les Kanaks furent renvoyés en Nouvelle-Calédonie.

Si beaucoup de gens ne semblaient pas choqués devant le spectacle d'humains exposés dans des cages, quelques voix de protestations se firent tout de même entendre, notamment celles de pasteurs, de quelques groupes politiques (anarchistes et communistes) ou encore du cercle surréaliste (le surréalisme est un mouvement artistique du XXe siècle qui combattait, entre autres, les valeurs traditionnelles de la société occidentale). Parmi les organisateurs même, il se trouvait assez de voix pour arriver à la conclusion que le gouverneur de l'époque et le chef de son cabinet, jugés responsables de cet événement, étaient allés trop loin. Ils furent d'ailleurs mis à l'écart.

ANALYSE DES PERSONNAGES

GOCÉNÉ

Gocéné le Kanak, fiancé de Minoé, est le narrateur de *Cannibale*. On le rencontre âgé (il a, au début du récit, près de 75 ans) et jeune. Originaire de Nouvelle-Calédonie, le jeune Gocéné a été désigné pour partir en Europe afin de représenter la culture de son pays. Loyal, intègre, responsable, courageux et entrepreneur, il fait figure du leader du groupe. Il est aussi le seul à savoir décrypter quelques mots de français.

On le devine agile et rapide, même si Didier Daeninckx est très avare dans la description des traits physiques de ses personnages – ceux-ci sont davantage décrits par leurs actes et leurs actions. Ainsi, parcourir de longues distances à pied sur son île l'a certainement renforcé physiquement. Une parole donnée est, pour Gocéné, une parole sacrée. Dans sa jeunesse, il est encore téméraire : quand il découvre qu'une partie des siens a été enlevée, il va risquer sa vie, sans avoir vraiment pesé le pour et le contre, pour les retrouver et les ramener chez eux.

Gocéné est aussi mélancolique et rêveur. À Paris, il admet à Badimoin que, de temps en temps, des craintes le saisissent, celles de ne jamais revoir son village. Découragé, il baisse alors les paupières pour laisser « les images [venir] tout doucement » (p. 46) et se transporte, par un voyage à travers le temps et l'espace, en Nouvelle-Calédonie.

Respectueux de ses origines, c'est la mémoire collective (ensemble des valeurs, des histoires et des leçons transmises de génération en génération) qui va lui donner la force de survivre dans la jungle de Paris et de retrouver sa fiancée. Prêt à périr pour ses idéaux, orienté vers le résultat, ayant mobilisé toutes ses ressources, il se bat jusqu'au dernier souffle pour que justice soit faite. Après 15 mois de prison, il revient dans son pays natal où il fonde une famille avec Minoé.

Le Gocéné âgé est un homme sage. Ainsi, lorsqu'il fait le récit de son aventure d'antan aux deux rebelles, il est plus serein et posé qu'avant.

Un brin de nostalgie se laisse sentir dans sa voix de vieillard qui part facilement dans les rêveries.

BADIMOIN

Comme Gocéné dont il est le meilleur ami, Badimoin est un Kanak, cousin de Minoé. Homme dévoué, il décide sans hésitation, en bon membre de famille, de suivre Gocéné dans la recherche de leurs proches à travers Paris. Plus prudent et su-perstitieux que Gocéné, il refuse par exemple de prendre le métro, car selon une croyance kanak, le monde souterrain n'est réservé qu'aux morts.

Contrairement à l'entreprenant Gocéné, Badimoin est plus passif, plus calme et se profile à la fois comme le protecteur de Gocéné (« Moi j'ai le devoir de veiller sur vous deux… », p. 36) et la voix de la raison (il retient par exemple Gocéné quand ce dernier s'apprête, sur un coup de tête, à traverser la rue). Quand les deux Kanaks essaient de s'enfuir pour la troisième fois, Badimoin succombe aux balles de la police dans le Jardin zoologique de Vincennes, alors qu'il n'était pas armé et ne constituait de menace pour personne.

FRANCIS CAROZ

Francis Caroz est un travailleur français originaire de la banlieue parisienne qui se trouvait au zoo de Vincennes quand la police a tiré sur Badimoin. Comme la justice lui tient à cœur et qu'il ne supporte pas la violence gratuite, il s'interpose entre la police, ironiquement désignée par « gardiens de la paix » (p. 102), et les Kanaks. Il sera condamné à trois mois de prison, « pour rébellion contre les forces de l'ordre » (p. 104). Devenu veuf, Caroz, qui a le même âge que Gocéné, décide de passer sa vieillesse en Nouvelle-Calédonie, auprès de son ami, ensorcelé par le charme de l'île.

FOFANA

Employé du métro venant du Sénégal, Fofana passe la serpillière au moment où Gocéné et Badimoin sont en pleine fuite. En leur offrant spontanément un refuge dans son débarras le temps que les policiers s'en aillent, Fofana fait preuve d'empathie et de solidarité sans rien demander en retour.

Son parcours illustre l'hypocrisie avec laquelle l'Hexagone traitait les habitants autochtones de ses territoires colonisés. En tant qu'ancien tirailleur sénégalais, il explique comment des sujets de couleur venus de tous horizons pour se battre mouraient gazés dans les tranchées de la Première Guerre mondiale (1914-1918) au nom de la France. Après leur engagement, il leur avait été promis un statut de citoyen à part entière, mais beaucoup d'entre eux sont morts avant et les survivants, tel Fofana, sont relégués dans les basses classes de la société.

L'ADJOINT GRIMAUT

Personnage négatif, l'adjoint Grimaut travaille pour le haut-commissaire Albert Pontevigne à l'Exposition coloniale internationale. Il est l'initiateur du remplacement des crocodiles par des hommes. Il participe à leur sélection, et pour calmer les inquiétudes des Kanaks, leur ment en disant qu'ils vont faire un tour dans Paris. Il est non seulement hypocrite, mais aussi peureux et lâche – attrapé par les Kanaks, il finit par leur dire la vérité pour éviter de se faire jeter dans le marigot des crocodiles.

MINOÉ

Minoé est la fiancée de Gocéné. Elle part en France avec le groupe des Kanaks, mais s'en voit séparée à la suite d'une désignation pour aller travailler en Allemagne au cirque Höffner. Le lecteur ne sait pas grand-chose d'elle, si ce n'est qu'elle est la fille du petit chef de Canala (autorité coutumière des tribus), qu'elle est amoureuse de Gocéné, qu'elle a peur, mais qu'elle reste confiante.

C'est son départ forcé en Allemagne qui déclenche l'action du roman, et notamment la fuite et poursuite de Gocéné et de Badimoin. C'est aussi elle qui révèle à son amour que le groupe kidnappé va à Paris. Elle parvient aussi à laisser des indices facilitant les retrouvailles, comme ici, à l'Armée du Salut :

> « – Minoé était retenue dans cette pièce. Regarde, elle a déchiré un bout du manou qu'elle portait autour de la taille et que son père lui avait offert lors de la cérémonie des adieux, à Canala. Elle n'a pas perdu espoir, elle savait que j'allais venir... » (p. 68)

Minoé retourne en Nouvelle-Calédonie seule. Elle y attend Gocéné après l'arrestation de ce dernier.

KALI ET WATHIOCK

Kali et Wathiock sont deux jeunes rebelles assez nerveux qui ont dressé un barrage sur la route de Gocéné et Caroz. L'âge avancé de Gocéné les pousse à un certain respect. Ils ne font pas preuve de la même patience avec Caroz qu'ils voient comme un Caldoche, un étranger usurpateur, et qu'ils poussent à faire demi-tour.

Même s'ils abordent le récit de Gocéné avec incrédulité, ils le laissent parler, presque sans l'interrompre. L'histoire du vieux Kanak va les envoûter progressivement – ils finissent par lui offrir à boire et à manger. À la fin du récit, ils réalisent qu'ils n'ont pas été justes avec l'ami blanc de Gocéné. Kali et Wathiock oublient leur arrogance initiale et sortent transformés de la rencontre avec ce dernier. Pour eux, l'histoire de Gocéné est un véritable récit d'initiation grâce auquel ils vont évoluer et mûrir.

ANALYSE DES THÉMATIQUES

LE FAIT DIVERS AU SERVICE DE LA LITTÉRATURE

Comment ça marche

L'observation de la société détermine les sujets traités dans la production livresque de Daeninckx et constitue dès lors un signe caractéristique de son écriture. En effet, ayant « pour habitude de se mêler d'Histoire et des histoires des autres » (HARANG (Jean-Baptiste), « Œil Daeninckx », in *liberation.fr*), l'auteur écrit toujours « contre » quelque chose : « Contre l'oubli, contre l'injustice, contre l'extrême droite. » (*ibid.*)

Daeninckx avoue qu'il écrit pour comprendre « comment ça marche » : « Je choisis un lieu, une époque, et j'essaie de voir, au moyen de personnages fictifs, comment des hommes, des femmes arrivent à se débrouiller, à rester humains dans les pires conditions. » (« Interview exclusive avec Josiane Grinfas », in DAENINCKX (Didier), *Cannibale*, Paris, Magnard, 2016, p. 133)

En quête éternelle d'histoires oubliées, il s'en sert non seulement pour alimenter son œuvre, mais surtout pour dénoncer les parties de l'Histoire qui ont été (volontairement) occultées :

> « C'est ainsi qu'écrit Daeninckx, l'œil aux aguets, toujours en repérage et en veine, il lit les histoires sur les murs de nos villes, des banlieues, sur l'Internet, dans les bibliothèques, les journaux, la curiosité lui tient lieu d'imagination, et l'imagination, ainsi libérée, lie la sauce, ourdit le scénario et le transforme en histoire, noire le plus souvent, des lambeaux d'Histoire, malmenées par le temps. » (HARANG (Jean-Baptiste), « Œil Daeninckx », in *liberation.fr*)

Cannibale s'inscrit dans cette veine du fait divers oublié. Didier Daeninckx fait même publier un livre où il se justifie de son attirance pour les événements de la vie quotidienne : « S'il est rare qu'un romancier accepte de payer sa dette au fait divers, il est exceptionnel, osons même unique, qu'un homme de lettres lui doive l'essentiel de sa réputation. » (DAENINCKX (Didier), *Petit éloge des faits divers*, coll. « Folio », Paris, Gallimard, 2008, p. 15-16)

En effet, il n'est pas rare qu'un écrivain, même de renom, se serve d'un fait divers pour alimenter le contenu d'une œuvre. Ainsi, Guy de Maupassant (écrivain français, 1850-1893) avec *Pierre et Jean* (1888), Stendhal (écrivain français, 1783-1842) avec *Le Rouge et le Noir* (1830), ou encore Gustave Flaubert (écrivain français, 1821-1880) avec *Madame Bovary* (1857) sont certainement les exemples les plus connus de cette méthode.

Dans son *Histoire de la littérature française*, Xavier Darcos (homme de lettres et homme politique français, né en 1947) écrit à propos du passage du XXe siècle au XXIe siècle en littérature que face à l'écrasement dû à la globalisation, le livre « fraternise avec les marginaux, les exclus, les squatters » (DARCOS (Xavier), *Histoire de la littérature française*, Paris, Hachette, 2013, p. 440-441). Aussi, pour sortir de l'impuissance ou de la désespérance, les auteurs – souvent journalistes ou éditorialistes – tentent de récupérer le réel autrement en se tournant vers l'actualité et en privilégiant la forme fragmentaire – dont le fait divers.

C'est précisément dans cette lignée que se situe Daeninckx, journaliste de profession. *Cannibale* se veut le récit d'un véritable fait divers survenu à Paris en 1931. Pourtant, face à l'absurdité de cet événement, l'auteur ne se laisse pas écraser : « Dans chacun de mes romans, j'aborde des problèmes graves, je mets en scène des dysfonctionnements de la société, de l'État. » (« Interview exclusive avec Josiane Grinfas », in DAENINCKX (Didier) *Cannibale*, Paris, Magnard, 2016, p. 137) Les héros de Daeninckx, des gens ordinaires, mus par une curiosité de découvrir la vérité, sont confrontés à des scènes violentes, à des moments d'émotion et à des événements historiques en même temps.

Travail de détective

Pour rédiger son livre, c'est-à-dire pour passer du fait divers à l'écriture romanesque, Daeninckx entreprend un vrai travail de détective et d'historien : il lit des documents, des vieux numéros de journaux et des romans ; regarde des photos ; visite les livres d'histoire ; écoute des émissions radiophoniques de l'époque. En un mot : il tire avantage de son passé de journaliste. Petit à petit, son projet kanak se concrétise.

Si le fond historique est vrai, les personnages et leur histoire d'amour sont fictifs, car *Cannibale* n'est pas un livre à prétention historique. Daeninckx n'a pas voulu « s'enrichir » au profit des Kanaks, les déposséder de leur histoire ou de leur culture : « Je ne voulais donc pas "voler" une histoire pour en faire un livre exotique » (*ibid.*, p. 135), se justifie-t-il même. C'est pour ça que le roman se déroule à Paris et non en Nouvelle-Calédonie. Il ajoute :

> « Il y aurait mille choses à raconter sur ce bout de terre : c'est une véritable mine d'or pour les romanciers... J'ai donc décidé d'écrire une histoire qui se passerait presque entièrement à Paris. Ce que raconte Gocéné, aux deux jeunes révoltés, sur le barrage, c'est donc un épisode d'une histoire française à laquelle une centaine de Kanaks ont été mêlés, malgré eux. » (*ibid.*)

ROMAN POLICIER

Pour mettre en scène et en fiction cette réalité, Daeninckx se sert souvent du roman policier, genre qui mêle par excellence les préoccupations sociales aux politiques. D'ailleurs, *Cannibale* présente une construction proche de celles des intrigues policières où sont mises en scène une disparition (celle de Minoé et d'une trentaine d'autres Kanaks) et sa tentative d'élucidation par un enquêteur (Gocéné, aidé de Badimoin). Ce dernier mène une enquête, interroge les témoins, part à la recherche d'indices. Gocéné, comme le fait Daeninckx, est à la recherche d'une vérité sur ce qui s'est passé.

dans un monde où les notables et la justice sont aussi corrompus que la pègre est violente » (ETERSTEIN (Claude), *La littérature française de A à Z*, Paris, Hatier, 2011, p. 380). Le roman policier peut toutefois se concentrer aussi sur la peinture psychologique des personnages ou sur des accents légers, voire humoristiques.

Genre devenu autonome à partir du XIXe siècle, il implique toujours un crime (un meurtre, une disparition) et un enquêteur qui va l'élucider.

UN RAPPORT FAUSSÉ À L'AUTRE

La déshumanisation

Gocéné se remémore : « On nous a parqués derrière des grilles, dans un village kanak reconstitué au milieu du zoo de Vincennes, entre la fosse aux lions et le marigot des crocodiles. Leurs cris, leurs bruits nous terrifiaient. » (p. 20-21) En plein hiver et presque nus, ils sont sommés d'assurer le spectacle pour les visiteurs. Les femmes sont obligées de danser, les hommes d'évider des troncs d'arbres. Frigorifiés et sous-alimentés, les

Kanaks, pour le besoin de l'Exposition, sont instrumentalisés et « cannibalisés ». Ainsi doivent-ils pousser des cris, montrer les dents, grimper à des mâts, « grogner comme des bêtes » (p. 47) pour impressionner les badauds et provoquer le rire des visiteurs.

Tout au long du chapitre II sont évoqués, au moyen d'un champ lexical et sémantique dévalorisant, la dépréciation, la captivité, la discrimination raciale, l'esclavage ou encore la déshumanisation (« On nous obligeait, hommes et femmes, à danser nus », *ibid.* ; « Nous n'avions pas le droit de parler entre nous », *ibid.* ; « On nous a séparés [...] sans qu'aucun ne sache où était son frère, sa sœur », *ibid.*, etc.). La comparaison « grogner comme des bêtes », suivie de « derrière les grilles » (*ibid.*), ne laisse aucun doute : les Kanaks sont considérés comme des animaux. Comble de l'ironie, les Kanaks ne sont alors ni polygames ni cannibales, et ont été convertis au christianisme par... des missionnaires occidentaux parmi lesquels se trouvaient des Français !

Le cocotier et le chameau

Toutes ces saynètes imposées aux Kanaks, de la danse à la simulation de l'acte de cannibalisme, ont une double mission : poursuivre un but lucratif en attirant les touristes avides d'exotisme, et souligner la supériorité du colonisateur. Gardons à l'esprit qu'à l'époque, il n'y a pas de télévision. Gilles Manceron (historien français, né en 1946) revient sur cette mode de l'exotisme – ce goût pour ce qui est lointain – qui anima le début du XXᵉ siècle et explique que ces deux premières décennies connurent l'« apogée et les derniers spasmes d'une ère qui s'achevait, celle en particulier de l'épopée coloniale et de la toute-puissance européenne » (MANCERON (Gilles), « Segalen et l'exotisme », in SEGALEN (Victor), *Essai sur l'exotisme*, Paris, Le Livre de poche, 1999, p. 9).

À ces gens qui, en toute bonne foi, se déplacent pour voir des lions ou des éléphants, on offre l'exotisme dans toute sa superficialité, on offre, selon l'expression de Victor Segalen (écrivain et ethnographe français, 1878-1919), « le cocotier et le chameau » (SEGALEN (Victor), *Essai sur l'exotisme*, Paris, Le Livre de poche, 1999, p. 37), c'est-à-dire la banalité des lieux communs, pour servir un discours de propagande dont les conséquences pour les pays colonisés sont désastreuses.

Création de mythes

Nous venons de voir que des milliers de gens visitent l'Exposition pour voir de « vrais » cannibales. Ceux-ci n'existent pourtant pas et, plutôt que de présenter les Kanaks sous leur véritable jour, on plie leurs pratiques, leurs coutumes et leurs croyances pour qu'elles correspondent aux images que se font les Occidentaux des « sauvages » des colonies. En leur présentant de « faux » cannibales, les autorités font perdurer les préjugés raciaux et faussent le rapport à la réalité. Il s'ensuit une image pervertie ainsi qu'une méconnaissance totale de l'autre. On ment donc aux visiteurs. Didier Daeninckx raconte :

> « C'est quelque chose qui dure depuis très longtemps. Dès 1889, on expose déjà des peuplades. C'est une manière de montrer les autres et de fabriquer une image de l'autre. Les gens ne sont pas représentés pour ce qu'ils sont mais de la manière dont on a envie de les voir. » (DAENINCKX (Didier), « Les ancêtres de Christian Karembeu exposés comme des animaux », in *francetvinfo.fr*)

Pourtant, si nous sommes dans le discours de la construction du côté européen, nous ne le sommes pas moins du côté kanak.

Illusions perdues ?

On ment évidemment aux Kanaks eux-mêmes : au départ très heureux de pouvoir visiter la métropole, ils sont trompés sur le véritable but comme la durée de leur voyage. L'auteur montre l'attitude paternaliste des colonisateurs qui omettent de dire la vérité aux Néo-Calédoniens pour, soi-disant, les protéger (les Français ne leur font pas visiter Paris pour leur « éviter tout contact avec les mauvais éléments des grandes métropoles », p. 20) tout en leur promettant le paradis sur terre (« Ce voyage est la chance de votre vie », p. 18).

La France, et *a fortiori* sa capitale, peut susciter sans peine des rêves de grandeur dans l'esprit des indigènes. Pourtant, à Paris, « il ne subsistait rien des engagements qu'avait pris l'adjoint du gouverneur à Nouméa » (p. 20). La ville elle-même apparaît comme hostile, dangereuse et inamicale. Paris s'avère donc être une autre contre-utopie.

Tout d'abord, elle leur demeure étrangère, car jamais n'a été organisée pour eux, contrairement aux promesses, de visite guidée. Deuxièmement, elle se profile comme « une jungle de pierre, de métal, de bruit, de danger » (p. 41). Les phares des voitures « transformaient la nuit en jour » (*ibid.*), et Gocéné et Badimoin, ignorant tout d'un passage clouté ou de feux tricolores, ne savent pas comment franchir une rue « sans risquer [leur] vie » (*ibid.*).

Le vieux narrateur dit qu'ils ont « failli mourir mille fois au cours de ces quelques heures de liberté » (*ibid.*), et cette phrase montre bien les contradictions auxquelles les héros sont confrontés. Paris pourrait ainsi être elle-même comparée à un cannibale, car elle a englouti une trentaine de Kanaks sans que nos héros ne puissent les rattraper à temps.

Une image idéalisée

Assis à la table avec son meilleur ami Badimoin, Gocéné devient nostalgique. Il admet que, de temps en temps, des doutes et des craintes le saisissent en songeant qu'il ne reverra jamais son village. Découragé, il baisse alors les paupières et se transporte, par un retour en arrière dans le temps et l'espace, en Nouvelle-Calédonie. Des paysages, ainsi que des femmes, des enfants et des anciens de la tribu défilent alors devant ses yeux. Les femmes lui souhaitent la bienvenue, pendant que le reste l'encercle pour s'enquérir des nouvelles de son voyage : « Gocéné, Badimoin, c'était comment l'Europe, c'était comment Paris, c'était comment la France ? » (p. 46)

Son compagnon interrompt sa rêverie et lui demande s'il leur parle du zoo, de l'Exposition ou encore de l'enlèvement de sa cousine Minoé. Gocéné, qui s'improvise conteur, répond qu'il ne raconte pas les mêmes histoires aux enfants et aux parents. Alors que les adultes ne sont pas épargnés, le narrateur fabrique un conte pour les enfants, il leur dit que « c'est beau, que c'est le pays des merveilles » (p. 46-47) pour les protéger de la triste et décevante réalité, « pour ne pas briser leurs rêves » (p. 47).

Gocéné soutient qu'il mentira aux siens à son retour. En qualifiant d'heureuse sa mission en France, Gocéné maintient à son tour les mythes qui faussent l'image de la France.

La mémoire collective

Cet ancrage dans le social fait appel à la mémoire collective, c'est-à-dire une mémoire identitaire, qui commémore symboles et traditions :

> « Faite de souvenirs réels ou de souvenirs-écrans, de souvenirs "enveloppés", faite de témoignages directs ou de traditions familiales, [la mémoire collective] doit déclencher un affect qui établit la participation du corps au souvenir. Elle est à la fois ce qui établit le lien entre la mémoire vivante, et la mémoire normée, mémoire de groupe, encadrée socialement, encadrée aussi par la tradition familiale [...] Au contraire de l'historicité chronologique, elle fonctionne à la "madeleine de Proust", par associations ou par mobilisation d'un sens déjà là. Seul compte, en effet, le sens à donner au passé [...]. La mémoire collective oscille entre le silence, l'amnésie, la reconstitution imaginaire et le détail intensément revivifié. » (ROBIN (Régine), *Le roman mémoriel. De l'histoire à l'écriture du hors-lieu*, Longueuil, Le Préambule, 1989, p. 52-55)

Conter des histoires en puisant dans sa mémoire et dans celle de ses aïeux, c'est faire preuve de mémoire collective. Voulant rentrer à tout prix en Nouvelle-Calédonie avec Minoé, Gocéné va alors tout faire pour la retrouver et, stimulé par les images positives produites par sa mémoire, il ne perdra jamais espoir. Tout comme, d'ailleurs, les autres personnages kanaks de l'histoire, qui s'accrochent, dans l'espoir de rentrer au plus vite et d'en finir avec ce calvaire européen, à ce qu'ils ont de plus précieux – leur terre ou la mémoire de leur terre.

UN PAMPHLET ANTICOLONIALISTE ?

Le mythe du bon sauvage

Le mythe du bon sauvage traduit l'émerveillement de l'homme à l'état de nature. Il est né de la rencontre du Vieux Continent avec le Nouveau Monde dès les premières Grandes Découvertes des explorateurs au XVIe siècle. L'indigène passe alors pour quelqu'un de pur, qui sait vivre en accord avec la nature, qui est libre et innocent.

Michel de Montaigne (philosophe et écrivain français, 1533-1592) a largement contribué à la propagation de ce mythe dans ses *Essais* (1580-1588), principalement par les chapitres « Des Cannibales » et « Des coches » où il décrit non seulement les us et coutumes des « sauvages », mais où il regrette aussi que l'homme occidental, aveuglé par sa cupidité, n'ait pas su saisir la chance de s'enrichir intérieurement au contact de ces autres.

Montaigne est un relativiste. Il se rend compte que chaque personne a une vision du monde qui lui est propre et que, par conséquent, on juge l'autre à partir de soi-même. Au XVIIIe siècle, le mythe du bon sauvage est une « arme critique » (ETERSTEIN (Claude), *La littérature française de A à Z*, Paris, Hatier, 2011, p. 66) : Jean-Jacques Rousseau (écrivain d'expression française, 1712-1778), Diderot (encyclopédiste français, 1713-1784), Voltaire (écrivain et philosophe français, 1694-1778), et bien d'autres encore, critiquent le monde civilisé en l'opposant à cet homme à l'état naturel, qui comme un enfant, est bon jusqu'à ce que la société le corrompe.

Au siècle suivant, l'exotisme, l'orientalisme, l'ailleurs (souvent associés au merveilleux) vont se mêler à la rêverie. Au XXe siècle, le mythe est pris dans son propre piège : il déclinera avec *Tristes tropiques* de Claude Lévi-Strauss (1908-2009) où l'anthropologue décrira, en plus de la dimension illusoire des voyages, leur aptitude à « rétrécir, uniformiser et finalement détruire notre planète » (JOUBERT (Jean-Louis), *Littérature francophone. Anthologie*, Paris, Nathan, 1992, p. 168).

Cannibale de Daeninckx s'inscrit dans une autre approche : l'auteur ne fait pas d'éloge de l'autre ni n'est à la recherche de valeurs positives dans l'exaltation de l'homme primitif. Son récit, au lieu de faire rêver, peut choquer. Si le roman peut être lu comme un pamphlet anticolonialiste, le but de l'écrivain est avant tout de sauver de l'oubli et de briser le silence autour de cet épisode de l'Histoire, et non de relancer un débat sur le soi-disant bien-fondé de la colonisation (voir <u>Style et écriture</u>). Il ne chante pas la Nouvelle-Calédonie, il se propose de montrer la réalité à un public ignorant tout de la chose.

Par ailleurs, Daeninckx aborde le rôle très important de la construction des préjugés dans la perception de l'autre. Lors de l'Exposition, un événement majeur de l'époque, les administrateurs présentent les Kanaks de façon folklorique et biaisée. L'illustration la plus navrante de cet aspect demeure l'emploi de l'étiquette d'« hommes anthropophages de Nouvelle-

Calédonie » (p. 21), alors que les Kanaks sont de
« fervents catholiques » (p. 97).

Une image au service de la propagande

Dans le parc, des incidents arrivent : l'extinction
des crocodiles n'en est qu'un parmi d'autres. La
politique de la colonisation et, par extension, l'un
de ses fruits – l'Exposition coloniale –, connaît des
adversaires. Daeninckx illustre le travail de ces
derniers par la scène de la manifestation d'une
femme, adepte de l'indépendance des colonies,
qui monte sur un podium de fortune et se met,
en faisant appel à la solidarité internationale, à
déclamer des slogans anticolonialistes :

> « Il n'est pas de semaine où l'on ne tue pas, aux
> Colonies ! Cette foire – ce Luna-Park exotique – a
> été organisée pour étouffer l'écho des fusillades
> lointaines… Ici on rit, on s'amuse […]. Au Maroc,
> au Liban, en Afrique centrale, on assassine. En
> bleu, en blanc, en rouge… » (p. 92)

Les perturbations de ce genre ont bel et bien
eu lieu pendant l'Exposition, mais c'est aussi la
voix de l'auteur que l'on entend derrière cette
harangue. Il est évident que Didier Daeninckx
se sert de ce fait divers comme prétexte non

seulement pour écrire son roman, mais aussi et surtout pour dénoncer implicitement l'attitude paternaliste des Français des années 1930 vis-à-vis des représentants d'autres cultures. Ces derniers, lors de l'Exposition en question, sont intimidés, infantilisés, traités comme des objets, voire des animaux ; et leur liberté est restreinte.

Parqués dans un village kanak reconstitué pour l'occasion au zoo de Vincennes, entre les lions et des « sauriens teutons » (p. 26), Gocéné et les autres Kanaks sont réduits à une série de tours qu'ils doivent répéter sans cesse (ils sont frappés s'ils ne le font pas), sous-alimentés et obligés à gambader presque nus malgré le froid. Ils doivent, contre leur gré, jouer le rôle d'attraction touristique sous la désignation d'« hommes anthropophages de Nouvelle-Calédonie » (p. 21), ce qu'ils ne sont pas. Dans ce roman, l'auteur aborde l'importante question de la création d'une certaine image de l'autre qui sert les intérêts d'un groupe détenant le pouvoir.

De l'engagement au « dégagement »

L'exergue du *Dernier guérillero* de Daeninckx, publié en 2000, précise que « la littérature est

une arme chargée de futur » (DAENINCKX (Didier),
Le dernier guérillero. Nouvelles, Lagrasse, Éditions
Verdier, 2000, p. 7). Daeninckx n'hésite donc pas
à décrire une réalité où la rencontre de l'autre
se fait dans une atmosphère brutale, et surtout
inégale.

Même s'il tient à sa liberté de créateur et qu'il
se qualifie lui-même d'auteur « dégagé de toute
pression, de toute obligation, de tout pouvoir, de
tout parti » (« Interview exclusive avec Josiane
Grinfas », in DAENINCKX (Didier), *Cannibale*,
Paris, Magnard, 2016, p. 138), il est bien un
auteur engagé. Cela se traduit par la volonté de
témoigner de sujets d'actualité, occultés mais
combien réels, tels que les viols, les tortures ou
les mutilations.

À propos de l'écriture du texte *Mortel Smartphone*
(2013), qui dénonce entre autres le travail forcé
des enfants, il dira que « c'était une manière de
faire la lumière sur ces enfants invisibles, à l'autre
bout du sans-fil » (DAENINCKX (Didier), *Mortel
Smartphone*, Paris, Osaka, 2013, quatrième de
couverture). La collection dans laquelle ce petit
livre est publié, intitulée « Les romans de la
colère », illustre d'ailleurs la devise : « Quand un

auteur se met en colère, il en fait un roman. »
(« Les romans de la colère », in *osaka-editeur. jimdo.com*)

ÉCRIVAIN ENGAGÉ

Un écrivain engagé est un écrivain qui s'implique dans une cause, qu'elle soit éthique, politique, sociale ou religieuse, et qui la défend, soit par le biais de son écriture, soit en prenant la parole publiquement. L'engagement qui tourne généralement autour des inégalités sociales ou des questions comme la religion ou la liberté, s'est constitué progressivement dans le temps et a pu prendre son envol grâce à l'affranchissement du mécénat ainsi qu'à la liberté d'expression.

C'est avec toutes les atrocités du XXe siècle que la notion s'est développée, donnant aux personnalités publiques ne serait-ce que l'occasion de s'exprimer pour ou contre. Jean-Paul Sartre (écrivain et philosophe français, 1905-1980) reste la grande figure de l'intellectuel engagé. Pour lui, l'artiste, de par son statut, a une responsabilité à assumer. Sartre préconise toutefois que ne

pas s'engager est aussi un choix, car « l'écrivain est en situation dans son époque :
chaque parole a des retentissements.
Chaque silence aussi » (Sartre (Jean-Paul),
Situations II, Paris, Gallimard, 1948, p. 16).

STYLE ET ÉCRITURE

RÉCIT ENCHÂSSÉ

Cannibale est un petit roman d'une centaine de pages constitué de trois chapitres d'inégale longueur. Le premier et le dernier composent le récit encadrant, qui commence et se termine à la même date : 1998. Gocéné tente d'expliquer à deux de ses jeunes compatriotes la présence d'un chauffeur blanc dans son véhicule.

Le grand chapitre du milieu relatant au passé l'aventure parisienne de 1931 est le récit enchâssé. La circularité ainsi acquise, renforcée par le fait que le récit est raconté à la première personne, fait penser à la tradition orale des veillées pendant lesquelles tout le village se réunit autour du feu pour écouter les aïeux parler. Rappelons-nous l'épisode dans le restaurant : Gocéné, en s'imaginant de retour en Nouvelle-Calédonie, affirme qu'il inventera aux enfants un « conte » (p. 45).

UN REGARD SUBJECTIF

Nous avons vu que toutes les œuvres abordant le mythe du bon sauvage ont en commun un sujet occidental et civilisé qui relate son rapport à l'autre, au non-Occidental : que ce rapport soit exotique, ethnocentrique, relativiste ou universaliste, c'est l'homme blanc qui voit et qui s'exprime. La particularité de *Cannibale* est que Daeninckx donne la parole à l'indigène : c'est en effet Gocéné le Kanak qui parle de son vécu et de son ressenti. Grâce à ce procédé, l'auteur peut passer en contrebande la critique de la situation coloniale.

L'apogée de l'impérialisme colonial se situe entre 1870 et 1914. Si aujourd'hui, le dialogue et la valorisation de la diversité sont privilégiés, il en était tout autrement à l'époque, et l'on préférait bien souvent souligner les hiérarchies qui existaient supposément entre les différentes cultures mondiales. Positive pour les uns, car inspirée par un idéal généreux (bâtir des hôpitaux et construire des routes), l'histoire coloniale s'est avérée bien souvent criminelle pour ceux qui l'ont subie.

En effet, le récit de Daeninckx se donne à lire comme un plaidoyer anticolonialiste, même s'il ne critique jamais directement le gouvernement colonisateur. Il le fait entre les lignes, par la bouche et le regard candide d'un narrateur âgé de 75 ans. Plutôt que d'apitoyer le lecteur sur son sort, Gocéné cherche à partager une histoire. Son but est de fournir à ses deux jeunes interlocuteurs des outils pour se remettre en question, relativiser.

Le ton n'est pas didactique non plus (le roman ne nous narre pas une histoire du colonialisme), et la vision du monde de Gocéné est loin d'être dichotomique. Bien que victimes, les Néo-Calédoniens ne se plaignent pas ni n'accusent ouvertement leurs bourreaux. Ils se contentent de décrire la situation en cherchant une explication sur le sort qui leur a été réservé : ils se placent dans la veine d'un Michel de Montaigne et tentent de comprendre sans juger.

UN REGARD DONT L'EFFET EST NAÏF ET NATUREL

Même si Gocéné parle tant bien que mal la langue de Voltaire, il ne connaît pas tous les mots pour décrire sa nouvelle réalité parisienne : « J'ignorais jusqu'à la signification des mots "passage clouté", "feu tricolore" ! » (p. 41) La rue est par ailleurs un « fleuve automobile » (*ibid.*), les immeubles des « fortifications » (p. 40) ou « case » (p. 39) et les gaz de combustion d'un pot d'échappement sont des « nuages de fumée » (*ibid.*). Ces expressions (qui revêtent parfois le rôle de métaphores inconscientes) font penser au langage d'un enfant qui, limité par un vocabulaire restreint, doit décrire ce qu'il voit avec ses mots, en utilisant des comparaisons et paraphrases. De ce fait, les phrases ne sont jamais très longues ni compliquées.

Parallèlement, pour décrire ce qu'il connaît bien, Gocéné n'hésite pas à recourir à un vocabulaire qui peut paraître exotique à un lecteur occidental. Le champ lexical de la végétation pacifique comme « niaouli » (p. 11), « racines de kava » (p. 35), « feuilles de renkaru » (*ibid.*) pour n'en citer que quelques-uns, ne cherche pas tant à épater le lecteur par son exotisme qu'à donner au roman une dimension plus authentique.

L'IRONIE

À côté de ce regard candide qui dévoile la violence latente de la colonisation, Daeninckx se sert d'une autre arme au service de la dénonciation : l'ironie, particulièrement présente dans les vives réparties de Gocéné. « Tu vois, on fait des progrès : pour lui, nous ne sommes pas des cannibales mais seulement des chimpanzés, des mangeurs de cacahuètes. Je suis sûr que, quand nous serons arrivés près des maisons, là-bas, nous serons devenus des hommes » (p. 40-41), répond-il à Badimoin quand un visiteur de l'Exposition le traite de chimpanzé.

Au lieu de se vexer, notre Kanak considère avec humour que chimpanzé vaut quand même plus qu'anthropophage. Du chimpanzé à l'homme, n'y a-t-il pas qu'un pas ? L'humour se révèle également dans le décalage entre l'image que se font les Occidentaux de la jungle (péjorative) et celle des Kanaks – nécessairement positive, puisqu'ils l'associent à leur domicile : « – Vous vous croyez dans votre jungle ! [...] – Si ça n'avait tenu qu'à nous, on y serait restés... » (p. 57)

D'autre part, ces mêmes personnes sont trai-
tées de « cannibales », de « chimpanzés » et
de « mangeurs de cacahuètes » qui se croient
« encore dans la brousse » (p. 40-41). Rien n'est
alors plus éloigné des valeurs de liberté, d'égalité
et de fraternité prônées par la France. En nous
rappelant ces épisodes de l'Histoire française,
l'écrivain pousse le lecteur à la réflexion. Loin
d'être moralisateur, il se contente d'exposer les
faits, charge au lecteur de tirer les conclusions
qui s'imposent quant aux pratiques du colonialisme et au double discours : « Je ne cherche
jamais à donner une leçon de choses au lecteur. »
(« Interview exclusive avec Josiane Grinfas », in
DAENINCKX (Didier), *Cannibale*, Paris, Magnard,
2016, p. 137)

LA RÉCEPTION DE *CANNIBALE*

Même si sa carrière d'écrivain peine à débuter, Didier Daeninckx a gagné le pari de devenir un écrivain à plein temps. Il est lu et apprécié. À titre d'exemple, *Meurtres pour mémoire* a été traduit en une vingtaine de langues, et il s'en vend en France chaque année 25 000 exemplaires en édition de poche. Par ailleurs, la popularité des œuvres de Daeninckx a donné lieu à un ouvrage monographique de Gianfranco Rubino, *Lire Didier Daeninckx*, publié chez Armand Colin en 2009.

Souvent classé dans les catégories « jeunesse » ou « policier », Daeninckx dit pourtant n'écrire pour aucun type de lecteur en particulier – cela limiterait ou influencerait aussi bien la production que la réception de ses écrits. Il demeure fidèle à une seule valeur, à un seul engagement : la liberté de création.

Quant à *Cannibale*, ce petit livre de Didier Daeninckx bénéficie encore aujourd'hui d'une certaine popularité. Il figure d'ailleurs au programme scolaire français.

ÉCRITURE ET FOOTBALL

Même si Daeninckx n'est pas un grand fan de football, le destin fait bien les choses. Un concours de circonstances veut que 1998, l'année de publication de *Cannibale*, soit aussi l'année où la France organise la Coupe du monde de football. Par pur hasard, le nouveau stade – le Stade de France – est construit aux confins de Paris, à Saint-Denis, ville natale de Daeninckx. Les Bleus (l'équipe de France de football) deviennent champions du monde et font beaucoup parler d'eux.

Si aujourd'hui cette équipe est l'une des plus multiculturelles et multiethniques qui soit, l'histoire démontre que ça n'a pas toujours été le cas. Dans les rangs de cette équipe devenue mythique, un défenseur est d'origine kanak : Christian Karembeu (footballeur français d'origine kanak, né en 1970). Celui-ci est en effet l'arrière-petit-fils de Willy Karembeu, l'un des Néo-Calédoniens recrutés pour l'Exposition coloniale internationale de 1931.

Dans une interview menée par Daeninckx lui-même, Karembeu explique sa réaction à la suite de la lecture de *Cannibale*, texte que lui soumet l'écrivain en personne. Même s'il connaissait déjà cet épisode peu reluisant de l'Histoire de France, Karembeu en sort bouleversé, car, venant d'une culture qui se véhicule oralement, c'est la première fois qu'il voyait quelque chose « d'écrit sur le sujet » (« Entretien de Daeninckx et de Christian Karembeu », in DAENINCKX (Didier) *Cannibale*, Paris, Magnard, 2016, p. 131).

Christian Karembeu : ambassadeur par excellence

Si le jeune Karembeu a quitté son île, celle-ci ne l'a jamais quitté : il se promet de promouvoir sa Nouvelle-Calédonie natale auprès des Français qui, pour la plupart, ne savent pas la situer sur une carte. Aussi, avec l'aide de deux journalistes, écrira-t-il un livre (KAREMBEU (Christian), PITOISET (Anne) et WÉRY (Claudine), *Christian Karembeu, Kanak*, Paris, Don Quichotte Éditions, 2011) où, dans cette même veine de divulgation, il rappelle, comme le fait Daeninckx, le sort qui a été réservé à ses ancêtres (DESVIGNES (Virginie), « "J'ai quitté ma tribu kanak". Par Christian Karembeu », in *parismatch.com*).

Face à la participation des Kanaks à l'Exposition coloniale, les réactions des Néo-Calédoniens, rapporte-t-il, sont mixtes. D'un côté, certains sont fiers que leurs aïeux aient eu ce privilège d'avoir été sélectionnés pour partir en Europe ; de l'autre côté, d'autres préfèrent passer sous silence cet épisode, honteux d'avoir été traités comme des animaux en cage (TORTEL (Christian), « En 1931, 111 Kanaks furent exhibés à l'Exposition coloniale. Une honte refoulée. Kanaks au zoo », in *liberation.fr*). Traumatisé, l'arrière-grand-père du footballeur ne s'est jamais remis de ce voyage en France. Le joueur avouera : « Dans votre livre, j'ai appris des choses bien plus graves que celles que je connaissais déjà. » (« Entretien de Daeninckx et de Christian Karembeu », in DAENINCKX (Didier) *Cannibale*, Paris, Magnard, 2016, p. 132)

Votre avis nous intéresse !
Laissez un commentaire sur le site de votre librairie en ligne
et partagez vos coups de cœur sur les réseaux sociaux !

BIBLIOGRAPHIE

SOURCES BIBLIOGRAPHIQUES

- COLARD (Jean-Marc), « L'attraction du parc », in *Roman 20-50*, 2015/1, n° 59, p. 177-190.

- DAENINCKX (Didier), « Les ancêtres de Christian Karembeu exposés comme des animaux », in *francetvinfo.fr*, consulté le 14 juin 2017. http://www.francetvinfo.fr/replay-radio/les-choix-de-france-info/les-ancetres-de-christian-karembeu-exposes-comme-des-animaux-didier-daeninckx_1746301.html

- DAENINCKX (Didier), *Le dernier guérillero. Nouvelles*, Lagrasse, Éditions Verdier, 2000.

- DAENINCKX (Didier), *Petit éloge des faits divers*, coll. « Folio », Paris, Gallimard, 2008.

- DAENINCKX (Didier), *Mortel Smartphone*, Paris, Osaka, 2013.

- DARCOS (Xavier), *Histoire de la littérature française*, Paris, Hachette, 2013.

- DESVIGNES (Virginie), « "J'ai quitté ma tribu kanak". Par Christian Karembeu », in *parismatch.com*, 28 décembre 2011, consulté le 12 juin 2017. http://www.parismatch.com/People/Sport/J-ai-quitte-ma-tribu-kanak-Par-Christian-Karembeu-146564

- ETERSTEIN (Claude), *La littérature française de A à Z*, Paris, Hatier, 2011.

- FERNIOT (Christine), « Comment ils s'y sont pris pour faire publier leur premier roman », in *lexpress.fr*, 12 mars 2016, consulté le 20 mai 2017. http://www.lexpress.fr/culture/livre/comment-ils-s-y-sont-pris-pour-faire-publier-leur-premier-roman_1765157.html

- HARANG (Jean-Baptiste), « Œil Daeninckx », in *liberation.fr*, 12 juin 2003, consulté le 4 juin 2017. http://next.liberation.fr/livres/2003/06/12/oeil-daeninckx_436471

- JOUBERT (Jean-Louis), *Littérature francophone. Anthologie*, Paris, Nathan, 1992.

- « Les romans de la colère », in *osaka-editeur.jimdo.com*, consulté le 24 mai 2017. https://osaka-editeur.jimdo.com/les-romans-de-la-colère/

- MONTAIGNE (Michel de), *Essais*, Paris, Hachette, 1994.

- KAREMBEU (Christian), PITOISET (Anne) et WÉRY (Claudine), *Christian Karembeu, Kanak*, Paris, Don Quichotte Éditions, 2011.

- ROBIN (Régine), *Le roman mémoriel. De l'histoire à l'écriture du hors-lieu*, Longueuil, Le Préambule, 1989.

- RUBINO (Gianfranco), *Lire Didier Daeninckx*, coll. « Écrivains au présent », Paris, Armand Colin, 2009.

- SARTRE (Jean-Paul), *Situations II*, Paris, Gallimard, 1948.

- SCHMITT (Michel P.), « Daeninckx Didier (1949 –) », in *universalis.fr*, consulté le 17 avril 2017. http://www.universalis.fr/encyclopedie/didier-daeninckx/

- SEGALEN (Victor), *Essai sur l'exotisme. Une esthétique du divers*, Paris, Le Livre de poche, 1999.

- TODOROV (Tristan), *Les morales de l'histoire*, Hachette, Paris, 1997.

- TODOROV (Tristan), *Nous et les autres. La réflexion française sur la diversité humaine*, Paris, Seuil, 2001.

- TORTEL (Christian), « En 1931, 111 Kanaks furent exhibés à l'Exposition coloniale. Une honte refoulée. Kanaks au zoo », in *liberation.fr*, 6 novembre 1998, consulté le 25 mai 2017. http://www.liberation.fr/tribune/1998/11/06/en-1931-111-kanaks-furent-exhibes-a-l-exposition-coloniale-une-honte-refoulee-kanaks-au-zoo_252783

SOURCES COMPLÉMENTAIRES

- DAENINCKX (Didier), *Le retour d'Ataï*, Lagrasse, Éditions Verdier, 2002.

ADAPTATIONS

- *Cannibale*, bande dessinée d'Emmanuel Reuzé, France, 2009.

- *Exposition coloniale kanak 1931*, documentaire d'Alexandre Rosada, France, 2014.

ICONOGRAPHIE

- Portrait de Didier Daeninckx en 2006.
  © Guillom – commons.wikimedia.org

Éditeur responsable : Lemaitre Publishing
Avenue de la Couronne 159 | BE-1050 Bruxelles
info@lemaitre-editions.com

ISBN ebook : 978-2-8062-6863-1
ISBN papier : 978-2-8062-6864-8
Dépôt légal : D/2018/12603/17
Couverture : © Lisiane Detaille.

Conception numérique : Primento,
le partenaire numérique des éditeurs.